CÓMO SER UN HOMBRE de verdad

Scott Stuart

Traducción de Gemma Rovira

serres

En el norte de Europa
vivían **los vikingos.**

Peleaban día y noche
¡incluso los domingos!

Valientes, fortachones
BRUTOS y **DUROS**, pero...

¡creo que de poco serviría
un ejemplo tan grosero!

Del planeta los mares
los **piratas** surcaban

y arramblaban con todo

el oro que encontraban.

Hay quien piensa que eran
hombres muy masculinos,

mas no llegaron lejos
por **SALVAJES** y **MEZQUINOS**.

Los **espartanos** eran aguerridos soldados.

Vivían con lo justo, en todo **MODERADOS**:

comían muy poquito

¡qué sacrificados!

Todo el día entrenando
para ser superiores,

pero dudo que fueran
por eso los mejores.

Muchos hombres en muchos
lugares y momentos,

con rostros diferentes
y variados atuendos,

con el paso del tiempo
muchas cosas nos han enseñado,
pero **solamente una**
es la que ha arraigado:

Que para ser un hombre

TEMIDO Y PODEROSO:

✳ TIENES QUE SER MUY VIRIL Y ESTAR DISPUESTO SIEMPRE A PELEAR CON CUALQUIERA AUNQUE TE PARTAN UN DIENTE.

✳ TIENES QUE SER FUERTE Y MALO PARA QUE TODOS VEAN QUE ERES EL MANDAMÁS AL QUE TODOS DESEAN.

Creo que va siendo hora de **CAMBIAR** de mentalidad:

hacen falta nuevas formas de ser hombres de verdad,

nuevas formas que permitan **VIVIR CON LIBERTAD**.

Un hombre hecho y derecho,
TIENE QUE SABER LUCHAR

Pero no todas las luchas
tienen que ser por codicia:

en vez de luchar por oro
se puede luchar
por justicia.

Ser fuerte no significa levantar pesos pesados.

La fuerza también se demuestra sabiendo **ECHAR UNA MANO**

Al lado de los más débiles
deben estar los hombres

y saber decir

LO SIENTO

sin que eso a nadie asombre.

Muchos hombres disimulan y esconden sus sentimientos.

Nunca **ríen**,

nunca **lloran**

y fingen no tener **miedo**.

Pero puedes asustarte:

eso es algo muy corriente.

El que calla y aparenta

a veces no es más valiente

que el que grita y se atreve

A EXPRESAR CÓMO SE SIENTE.

Los **HOMBRES DE VERDAD** hacen lo que se les antoja:
nadar, boxear, pasear o temblar como una hoja.

Son perseverantes
y les gusta hacer cosas nuevas.

No le temen al trabajo
ni abandonan sus ideas.

Saben perder y ganar
y a sus rivales respetan:

hoy ganas tú, yo mañana
y aquí nadie se enrabieta.

Escalan altas cumbres para admirar las vistas,
y comparten sus logros, pues **no son egoístas**.

Piden las cosas **BIEN**
y siempre dan las

GRACIAS.

Son fieles a sí mismos
y tienen sus valores,

pero saben escuchar
y no se creen los mejores.

El hombre que vas a ser
tú puedes **elegir**.

qué vida quieres llevar,
cómo te quieres vestir;

si quieres plantar árboles
o construir un robot;

quizá recitar poesía
o bailar con un maillot.

Dedícate a lo que te guste,
te divierta y te asombre,
y así te convertirás

¡EN EL MEJOR DE LOS HOMBRES!

A COLIN. Estoy muy orgulloso del hombre en el que te estás convirtiendo. S. S.

Título original inglés: *How to be a Real Man.*

Publicado originalmente en Australia por Bright Light,
un sello de Hardie Grant Children's Publishing.
Derechos negociados por Ute Körner Literary Agent - www.uklitag.com

© del texto y las ilustraciones: Scott Stuart, 2021.
© de la traducción: Gemma Rovira Ortega, 2021.
Diseño original: Kristy Lund-White.
© de esta edición: PRHGE Infantil, S.A.U. (anteriormente RBA Libros, S.A.), 2021.
PRHGE Infantil, S.A.U. es una empresa del grupo Penguin Random House Grupo Editorial, S. A. U.
Travessera de Gràcia, 47-49 - Barcelona 08021

Impreso en España - *Printed in Spain*

Fotocomposición: Aura Digit.

Primera edición: noviembre de 2021.

MOLINO
REF.: MO96145
ISBN: 978-84-272-9614-5
DEPÓSITO LEGAL: B. 15.179-2021

Impreso en Soler Talleres Gráficos
Esplugues de Llobregat (Barcelona)